LES
BOURGUIGNONNES,

PUBLIÉES

PAR A. FOURNIER ET J.-F.-E. PONSSOT.

1.re *Livraison.*

AUXERRE.

CHEZ LES ÉDITEURS,

A L'IMPRIMERIE DE M. PERRIQUET,

PLACE DU MARCHÉ-NEUF.

M. DCCC XXIX.

LES

BOURGUIGNONNES.

LES
BOURGUIGNONNES,
CHANSONS
ET AUTRES POÉSIES INÉDITES,

PUBLIÉES

PAR A. FOURNIER ET E. PONSSOT.

AUXERRE,

MADAME ROBERT, LIBRAIRE,
PLACE DU MARCHÉ-NEUF;

MARIE, LIBRAIRE, PLACE DES FONTAINES;

ET CHEZ LES ÉDITEURS,

IMPRIMERIE DE M. PERRIQUET, RUE ROYALE.

M. DCCC XXIX.

IMPRIMERIE DE PERRIQUET, RUE ROYALE.

UN MOT.

NOTRE Prospectus l'a annoncé, et nous le
répétons, c'est aux gais Bourguignons que
ce Chansonnier est particulièrement offert.
Son titre semblerait ne promettre que des
chansons gaillardes et bouffonnes : nous n'y
dérogerons pas. Cependant, nous cesserons
parfois de jouer avec la marotte; au tin-tin
du verre, aux sons bruyans du tambourin
et des grelots, nous ferons succéder la douce
musette et la sensible guitare. Le couplet
national, aujourd'hui plus que jamais, est
du domaine de la chanson; il trouvera ici

1.

sa place. Et nous répéterons avec le bon La Fontaine :

Diversité, c'est ma devise.

L'antique *joyeuseté*, une gaîté toujours de bon aloi, nous guideront continuellement. Heureux si, en suivant dans cet ouvrage une marche variée, nous procurons à nos lecteurs cette satisfaction dont l'espoir seul nous l'a fait entreprendre!

N. B. MM. les Auteurs qui desireraient y faire insérer de leurs productions, sont priés de les adresser, *franco*, à l'adresse ci-dessus. Toute chanson devra porter un titre, avoir un timbre, et être sur feuillet séparé.

Les Bourguignonnes.

LA PETITE ORGIE.

AIR : Le vin charme tous les esprits.

Dans les flots de Beaune ou d'Aï,
De Tonnerre
Ou Madère,
Est-ce là qu'un bon réjouï
Doit trouver un charme inouï ?
Oui !

Fils de Momus,
De ce jus
Dont Silène et Bacchus
Se rougissent la mine,

Le cœur content,
    En chantant,
Morbleu ! buvons-en tant,
Tant qu'il nous enlumine !

Dans les flots, etc.

    Laissez vos soins,
      Vos besoins,
Venez de tous les coins,
Intrépides ivrognes !
    Que de vos nés
      Bourgeonnés
Les censeurs étonnés
Pâlissent à vos trognes !

Dans les flots, etc.

    Sortez de vos
      Frais caveaux,
Vins vieux et vins nouveaux,
Abdiquez vos futailles !
    Nos gais travaux,
      Nos bravos,
Jusqu'au fond des cuveaux
Vous livreront batailles !

Dans les flots, etc.

Flacons rangés,
Assiégés,
Des buveurs enragés
La prunelle se trouble!
Par vos liqueurs,
De nos cœurs
Vous serez les vainqueurs :
L'ivrogne y verra double!
Dans les flots, etc.

Piquant bouquet
Du Tokay,
Viens dans ce gai banquet
Dilater nos cervelles!
Plus gais lurons
Nous serons,
Pour toi nous chanterons
Des louanges nouvelles!
Dans les flots, etc.

Qu'en trop vidant,
L'imprudent
Vienne à choir en cédant
Au nectar qui l'entraîne :
Si, pour chanter
Et lutter,

Il n'en peut plus porter,
Nous voulons qu'il le traîne !

Dans les flots, etc.

Parmi les ris,
Les débris,
Fêtons nos Lycoris,
Anacréons modernes !
Nous rentrerons
Frais et ronds,
Quand au jour nous verrons
S'éteindre nos lanternes !

Dans les flots, etc.

Qu'un bacchanal
Infernal
Se mêle au cri banal
Des soutiens de l'orgie !
Si pour sortir,
Et partir,
La porte en doit pâtir,
Qu'elle soit élargie !...

Dans les flots, etc.

Plus effrontés,
Excités,

Aux refus des beautés
Qui briguent nos caresses,
Près des Chloés,
Des Zoés,
Des prudes Aglaés,
Nous ferons des prouesses !

Dans les flots, etc.

Comme étourdis
Ou bandits,
Si nous sommes maudits
De nos froids moralistes,
Qu'importe enfin,
A la fin,
Si du noir séraphin
Nous grossissons les listes !

Dans les flots de Beaune ou d'Aï,
De Tonnerre
Ou Madère,
Est-ce là qu'un bon réjoui
Doit trouver un charme inouï ?
Oui !

J.-F.-E. PONSSOT.

LE FLEURISTE.

AIR : Trouverez-vous un parlement.

QUAND chez moi vient un amateur,
Pour examiner mon parterre,
Je lui montre aussitôt la fleur
Qui convient à son caractère.
Toujours je donne à mes amis,
L'humble et discrète *violette* ;
Aux bons Français j'offre des *lys*,
Aux parvenus la *belle-aigrette.*

J'offre la *pensée* aux auteurs,
Le *serpolet* à la franchise,
Boutons d'or aux agioteurs,
Et la *tulipe* à la sottise ;
J'offre des *muguets* aux pédans,
Les *soucis* à nos alarmistes,
Le *tournesol* aux courtisans,
L'*immortelle* à tous nos artistes.

J'offre l'*iris* au freluquet,
La *sensitive* à la coquette,

Le *pavot* à maint indiscret,
Et le *myrthe* à ma bergerette;
A nos fanfarons l'*olivier*,
Puis aux jaloux la *marguerite*;
De l'*ellébore* au gazetier,
Et des *lauriers* au vrai mérite.

Pour les amans j'ai transplanté
Des *roses à métamorphose*;
Pour l'innocence et la beauté
Je cultive le *laurier-rose*.
Pour faire oublier quelquefois,
Au brave une chute fatale,
J'ai retrouvé tout ses exploits
Aux fleurs de la *pyramidale*.

A. FOURNIER.

LE SORCIER.

AIR : Ça n' se peut pas, *ou* Ça va-t-y ben.

En quoi ! j'apprends qu'à la magie
Vous ne croyez aucunement !
Pourtant de la sorcellerie
Je possède l'art surprenant :
Des enchanteurs j'ai la formule ;
Messieurs, je puis certifier
Que, quoi qu'en dise l'incrédule,
Je suis sorcier, je suis sorcier.

Sur mon horizon sans nuage,
Le vent de la prospérité
Me soufflait le beau nom de sage :
Combien alors j'étais fêté !
Je n'ai plus rien ; et, par mes charmes,
Si j'ai su me concilier
Un ami qui séchât mes larmes,
N'est-ce pas un tour de sorcier ?

Après un si triste naufrage,
De Thémis les doctes agens

Sont venus me rendre l'hommage
De leurs services obligeans;
Malgré cette gente importune,
J'ai conservé, fait singulier!
Les haillons de mon infortune :
N'est-ce pas un tour de sorcier?

Vous savez tous que la richesse
A sur nous des droits bien puissans;
Vous savez tous de la noblesse
Quels sont les dédains insolens;
Et moi, pourtant, malgré ma sphère,
J'ai su, messieurs, vil roturier,
Lui faire honorer ma misère :
N'est-ce pas un tour de sorcier?

L'autre jour, selon l'ordinaire,
Au milieu du peuple dévot,
Un quidam, du haut de sa chaire,
Nous assommait d'*atqui*, d'*ergo*;
Moi seul, déjà las de l'entendre,
Grâces à mon charmant métier,
Un instant j'ai cru le comprendre :
N'est-ce pas un tour de sorcier?

Depuis un an, près d'une belle,
L'Amour me retient enchaîné ;
Sans doute on la croit infidelle,
Eh bien ! qui l'aurait deviné ?
Lisette répond à mes flammes,
Lisette aime un an tout entier :
Je m'en rapporte à vous, mesdames,
N'est-ce pas un tour de sorcier ?

Sans la crainte de la satire,
J'aurais autre chose à citer ;
Mais quelqu'un sait, pour en trop dire,
Ce qu'il en peut souvent coûter...
Contre l'injuste intolérance,
Pour le bonheur du chansonnier,
Ne peut-on trouver dans la France
Quelque nouveau tour de sorcier ?

CHRÉTIEN.

NAPOLÉON.

Air de Philoctète.

SOLDAT héros que la postérité
Aux nations citera d'âge en âge;
Dont le génie et le rare courage
Portent le nom à l'immortalité;
Grand sur le char que conduit la Victoire,
Plus grand encore au sein de tes malheurs,
Sur ton tombeau je viens verser des pleurs,
NAPOLÉON, j'adore ta mémoire!

Sur un rocher l'implacable Destin
Borna ta vie; et, nouveau Prométhée,
Tu vis au ciel ta foudre réportée,
Grondant encor sur un climat lointain.
Perdant l'espoir de réveiller la terre,
Tu fus rongé du vautour des ennuis...
Au nom d'Hudson l'immensité des nuits
Attachera la honte d'Angleterre.

Ton ombre plane en comptant tes succès,
Elle en fatigue encor la Renommée;

2.

Et leur récit, à mon âme charmée,
A rendu cher le beau nom de Français.
Ces mots sacrés qu'éternise ta gloire,
Vienne, Austerlitz, Arcole, Marengo,
Lodi, Wagram, Esling... et Waterloo!
Sont burinés au temple de mémoire.

Toi qui vivais entouré de flatteurs,
A Longwood tu fermas la paupiere!...
Là, Mars en deuil protégera ta pierre,
Et confondra tes lâches détracteurs;
Puis après toi, pour peindre une autre gloire,
Clio n'aura plus assez de crayons;
Mais ton étoile étendra ses rayons
Pour éclairer les pages de l'histoire!

J.-F.-E. PONSSOT.

LE BON TEMPS.

AIR : Contentons-nous d'une simple bouteille.

AVEC plaisir je lis ces vieux ouvrages
Où la gaîté s'unit au sentiment,
Et qui, vainqueurs des modes et des âges,
Nous font chérir Amadis et Roland.
De jeux guerriers et de brillans spectacles
Au coin du feu j'aime à m'entretenir :
Il est passé le bon temps des miracles,
Il est passé pour ne plus revenir !

En ce temps-là, naïve jouvencelle
Donnait son cœur, et point ne le vendait ;
Gent damoiseau, bien tendre, bien fidèle,
L'aimait d'amour, et seul lui suffisait.
Tant doux sermens devenaient des oracles ;
Berthe jamais ne les a vu trahir.
Il est passé, etc.

Bon roi disait : « J'ai besoin de ministres. »
Choisis par lui, tous étaient vertueux ;
Point n'employaient ces visages sinistres,
Dont l'aspect seul vient attrister nos jeux ;

Point n'approuvaient ces honteux réceptacles,
Où l'on achète un tardif repentir...
Il est passé, etc.

L'ambition, la sombre jalousie,
Point n'obsédaient le ministre à l'autel :
Priant de cœur et sans hypocrisie,
Ses vœux ardens montaient purs vers le ciel :
Point n'approchait des sacrés tabernacles,
Brûlant encor d'un terrestre desir...
Il est passé, etc.

Le courtisan point ne portait de masque,
Point n'approuvait son prince à tous propos ;
Non plus n'avait ce naturel fantasque
De bien sourire en courbant bien le dos.
Le franc parler ne trouvait point d'obstacles :
Chez le roi même on daignait l'accueillir.
Il est passé, etc.

Jadis enfin, l'homme prudent et sage
Par les excès n'abrégeait point ses jours ;
On le voyait, dans l'hiver de son âge,
Fêter encor les jeux et les amours...

Mais il fuyait ces brillans habitacles
Où la santé meurt avec le plaisir...
Il est passé le bon temps des miracles,
Il est passé pour ne plus revenir !

HENRI ERB.

LES SAISONS DE LA VIE.

Le printemps nous voit naître,
L'été nous voit mûrir,
L'automne dépérir,
Et l'hiver disparaître !

J.-F.-E. PONSSOT.

L'ENFANT DE TROUPE.

Air du Grenadier aux enfers.

Je ne sus point connaître l'opulence,
Car je naquis d'un simple grenadier;
Sous l'étendard je reçus la naissance,
Et mon berceau fut un ancien mortier;
Si la Victoire eut soin de mon enfance,
C'est sous ses yeux qu'elle me vit grandir;
Elle m'apprit qu'il fallait pour la France,
    Vaincre ou mourir.

« Va, me dit-elle, aux champs de l'Allemagne,
» De ton pays montre-toi digne enfant,
» Et songe bien que dans une campagne,
» Le Français meurt ou revient triomphant.
» Que ce drapeau dans les rangs te rallie,
» Des ennemis sache le garantir;
» En le perdant, toute gloire est flétrie :
    » Plutôt mourir. »

Des ennemis bravant la multitude,
Je vis bientôt les portes de Berlin;

De vaincre tout contractant l'habitude,
J'ai vu les murs de l'orgueilleux Germain.
Fier Paulowitz, dont l'histoire nous venge,
Malgré le froid, l'Arabe et le Baskir,
On triomphait au cri d'une phalange :
    « Vaincre ou mourir ! »

Enfin, la Mort de sa faux meurtrière,
Dans son courroux voulut tout moissonner ;
Elle hésita, voyant la marche altière
De ces héros qui surent l'étonner.
Quand Albion leur cria de se rendre,
Clio trembla, même on la vit pâlir...
Tout fut trompé ! nos preux firent entendre :
    « Plutôt mourir ! »

Trahis, vendus, bientôt leur valeur cède ;
Alors je vis nos braves grenadiers,
Malgré le sort qui pour eux intercède,
Tomber vainqueurs sous le poids des lauriers ;
Sans murmurer, sous le fardeau des armes
Ils succombaient !... et leur dernier soupir
Disait : « O France, ah ! donne-moi des larmes,
    » Je sais mourir ! »

Dormez en paix, ô soldats intrépides !
Vos noms transmis à la postérité,
Sont burinés depuis les Pyramides
Jusqu'au séjour de l'immortalité.
Vos fils sont là, pour venger votre cendre,
Et, s'il le faut, dans un jour à venir,
Ainsi que vous, vos fils, loin de se rendre,
    Sauront mourir !...

               A. FOURNIER.

PANARD.

Air du Vieillard de Béranger.

PANARD prouva, dans ses refrains bachiques,
Que plus qu'Amour Bacchus savait charmer :
J'ai médité ses aimables cantiques,
Et j'ai senti tous mes sens s'animer.
Quand au printemps je vois naître une rose,
Son doux parfum me séduit; mais, plus tard,
Elle est tombée, et ma coupe s'arrose
Du jus d'automne où s'enivrait Panard.

Refrains piquans trouvés dans la bouteille,
Couplets malins par Momus inspirés,
Rondeaux joyeux, qui réglez sous la treille
Les pas tortus des buveurs égarés;
Pour me venger d'une Muse indocile,
Faites couler à mes yeux le Pomard :
Le vin créa plus d'un gai vaudeville;
Eh! qui jamais le sut mieux que Panard?

Redoutez-vous de perdre une maîtresse,
Sots amoureux, brûlant d'un feu discret?

3

Pour attacher à vos pas la traîtresse,
Piron, Collé, vous offrent un secret :
Par vos chansons, lancez aux plus rebelles
Les traits d'amour trempés dans le nectar ;
C'était ainsi qu'ils soumettaient les belles,
C'était ainsi que les fixait Panard.

Combien de fois la marotte vieillie
Des bons vivans que Momus adopta,
Paralysa, par la verte saillie,
Nombreux abus que leur siècle inventa !
Sur les travers c'est en vain que l'on tonne :
Redressons-les sur un ton goguenard,
Faisons goûter la morale bouffonne
Que nous devons encore au bon Panard.

Content, joyeux, enivré du breuvage
Qu'il sut chanter, et qu'il but encor mieux,
Ce franc luron, même au sombre rivage,
Monta sa lyre et charma tous les Dieux.
Sans s'émouvoir, par une gaudriole
Il accueillit l'inflexible vieillard ;
Et l'on crut voir, dit-on, au lieu d'obole,
Un vieux flacon dans la main de Panard.

J.-F.-E. PONSSOT.

DIEU VEILLE ENCORE SUR LA FRANCE.

AIR : Quand la nature, avare de ses dons.

« L'ASTRE du jour présente son aspect,
» Ses traits brillans ont doré ma chaumière;
» Ici, mon front s'incline avec respect
» Devant le Dieu qui donne la lumière.
» Son disque d'or, sur nos heureux climats,
» D'un jour serein nous donne l'assurance;
 » Déjà se disperse l'amas
 » Des nuages et des frimas :
 » Dieu veille encore sur la France.

» Un doux zéphir succède aux aquilons;
» Et chaque fleur par lui se renouvelle;
» Avec éclat aux fertiles vallons
» Tout va reprendre une face nouvelle :
» De l'arc-en-ciel les riantes couleurs
» Aux malheureux ont rendu l'espérance;
 » Les arbres, couronnés de fleurs,
 » De l'Aurore ont reçu les pleurs :
 » Dieu veille encore sur la France.

» Nous avons vu l'hydre des factions
» Porter le trouble en notre territoire ;
» Il fut souillé par douze nations,
» Que jugera l'impartiale histoire.
» Vaine Albion, que de tes léopards
» S'abaisse enfin l'impuissante arrogance !
　　» Nous possédons de toutes parts
　　» Des arsenaux et des remparts :
　　» Dieu veille encore sur la France. »

La lyre en main, le front ceint du rameau
Qu'à la vaillance accorde la Victoire,
Ainsi chantait le Nestor du hameau,
Aux villageois formant son auditoire.
Dans tous les cœurs le plaisir se portait,
Pour en chasser la crainte et la souffrance ;
　　Au refrain chacun se prêtait,
　　Et l'écho des bois répétait :
　　Dieu veille encore sur la France.

LEPRINCE.

LES AMIS DU JOUR.

Air de la Boutonnière.

Qu'on ne me parle plus d'amis,
C'est une race trop à craindre ;
Ceux que chez moi j'avais admis,
M'ont tous donné lieu de me plaindre.
L'un d'eux assez joli garçon,
Que je croyais une bonne âme,
Eh bien ! un beau jour, sans façon,
Il disparaît avec ma femme.

Afin d'éloigner le chagrin
Que me causa cette incartade,
Je fais monter du meilleur vin,
J'appelle un joyeux camarade ;
Il boit, puis il perd la raison,
Et bientôt l'ingrat m'invective ;
Bref, je me vois dans ma maison,
Presque assommé par mon convive.

Blainville me restait encor,
Grand amateur de poésie,

3.

Je lui lus mes vers, et d'abord
Il en pâlit de jalousie ;
A force d'intrigue et d'argent,
Il fait siffler ma comédie,
Qui m'eût ouvert incessamment
Les portes de l'Académie.

Je me mis dans les *Sans-souci*,
Bien persuadé que la peine
Ne m'atteindrait pas, Dieu merci,
Où l'on boit et chante sans gêne.
De tant d'amis, hélas ! celui
Qui me devait plus d'un service,
M'invite à leur chanter *C'est lui*,
Et me dénonce à la police.

Ne pouvant échapper au sort,
Qui me poursuit et qui m'accable,
Je laisse de mon coffre-fort
Les clefs à mon voisin Amable.
Après six grands mois de prison,
Je quitte mon taudis, ma paille ;
Mais en rentrant dans ma maison,
Je n'y vois plus que la muraille.

Trompé, sifflé, volé, battu,
Dupe des tours les plus funestes,
Je ne crois plus à la vertu
Des Pilades et des Orestes.
Ah! de grand cœur je les maudis,
Ainsi que toutes leurs caresses;
Au lieu de faire des amis,
Je préfère avoir dix maîtresses.

A. FOURNIER.

A HORTENSE.

J'ai vu la fortune et l'amour,
J'ai vu la gloire me sourire;
Par l'éclat des grandeurs un jour,
Mon cœur a pu se voir séduire.
Bellone et Plutus ne sont rien,
L'ambition n'est qu'une ivresse;
De tous les biens, le seul vrai bien
Est dans les bras d'une maîtresse.

GUILLAUME.

ÉPREUVE ET RÉSOLUTION.

AIR : Eh! vogue la nacelle.

J'ai serré douce chaîne
Au gré de mon desir,
Mais j'ai su que la peine
Suit de près le plaisir :
Fuyez, vaine chimère,
Amour, vœux superflus :
Votre ivresse est amère,
Non, je n'aimerai plus.

Bravant d'un cœur volage
Le refus inhumain,
Je crus, devenu sage,
L'oublier par le vin ;
Mais l'Amour, sous la treille,
M'attendait chez Bacchus :
Je brisai ma bouteille,
Non, je ne boirai plus.

Ma voix, qui déjà tremble,
Prévoit mon dernier jour ;

Ne fêtons plus ensemble
Et Bacchus et l'Amour.
Un insensé délire
Me guidait chez Phébus ;
Mais j'ai brisé ma lyre ,
Je ne chanterai plus.

ENVOI.

Amitié consolante ,
Viens de mes derniers ans ,
Par ta main bienfaisante ,
Adoucir les instans.
Lorsque de ma carrière
Les jours seront tissus ,
Viens pleurer sur ma pierre ,
Quand je ne serai plus.

Mme ÉMILIE P...

LA RETRAITE.

. . . .

Oui, Thaïs, je voudrais, dans un vallon fertile,
Loin des mortels jaloux de tant de vains plaisirs,
Sous le chaume ignoré, dans un repos utile,
N'avoir à contenter que d'innocens desirs.
Là, tout me sourirait. Libre en ma solitude,
Champêtre citoyen, citoyen plus que roi,
J'enrichirais mon cœur dans la paix et l'étude ;
Là, je vivrais pour vivre, et vivrais sans effroi.
Paisible, je rirais de l'insensé qui pense
Arriver au bonheur en parcourant les mers :
Comme si tous ces biens que le ciel nous dispense
Ne pouvaient s'acquérir que sur les flots amers !
Quand les Dieux irrités préparent des naufrages
Au navire orgueilleux d'un immense butin,
Je pourrais sous mon toit, prévoyant les orages,
Offrir au malheureux un asile certain ;
Partager avec lui, sans lui faire l'aumône,
Le peu qui par le sort me serait envoyé
Des trésors de Cérès, des présens de Pomone :
Sa voix me bénirait, mon cœur serait payé.

D'un feuillage bien frais ma chaumière ombragée,
N'offrirait point aux yeux le travail du ciseau :
La nature, sans art, l'aurait seule érigée,
On y pénétrerait sous un riant berceau.
Pour un mortel content la chaumière est un Louvre;
C'est là qu'il vit heureux, c'est là qu'en paix il dort,
Clot sa porte aux ennuis, mais au bonheur il l'ouvre,
Et pour lui chaque jour retrace l'âge d'or.
Là, tout prévient ses vœux; dans ce modeste asile,
Les Dieux semblent verser leurs dons à pleines mains;
Et la félicité, qui des palais s'exile,
Vient caresser ici les tranquilles humains.
Ce réduit enchanteur serait mon Elisée :
Il serait par mes soins entouré d'un Léthé,
Qui, faisant prospérer ma campagne arrosée,
Rafraîchirait nos sens aux feux brûlans d'été.
Thaïs, tu serais là, mise en simple bergère;
Sans or, sans diamans, tu me plairais toujours;
A l'éclat d'un boudoir préférant la fougère,
L'Amour, les Ris, les Jeux viendraient filer nos jours.

Souris-tu comme moi, Thaïs, à cette image ?
A l'aube du matin, sortant d'un doux sommeil,
Nous offririons aux Dieux un mutuel hommage,
J'ornerais du baiser ta bouche au teint vermeil;
Puis, quand le blond Phébus, par sa vive lumière,

Ferait sortir de l'ombre et les bois et les fleurs,
Les justes Immortels béniraient ma chaumière,
L'Aurore, en souriant, y répandrait des pleurs.
Elle serait mon temple, et Thaïs ma déesse;
Un lit simple serait ton trône et mon autel;
Méprisant des lambris la vaine hardiesse,
Le chaume peut suffire au bonheur d'un mortel.

Viens, quittons le fracas pour un séjour rustique:
La nature pour nous doublera ses appas;
Viens goûter avec moi, dans un lieu romantique,
Tous ces biens qu'à la ville on ne rencontre pas.
Pour moi mille plaisirs sur tes pas vont éclore:
Ami tendre, adoré, mais toujours ton amant,
Je serai ton Pétrarque et tu seras ma Laure;
Mes vers soupireront parfois l'heureux tourment.
Aux siècles du bonheur portant mon cœur avide,
Parcourant les beautés des poètes anciens,
J'y puiserai ce feu qui consumait Ovide,
Et mes chants, pour te plaire, imiteront les siens.

Enivrez-vous d'encens, montrez votre opulence,
Savourez à longs traits le noir poison des cours;
O rois! vous ignorez cette active indolence,
Où l'obscur villageois compte des jours trop courts.

J.-F.-E. PONSSOT.

AUX DAMES.

AIR : Trouverez-vous un parlement.

PENSANT qu'au sein d'un gai banquet,
On chante chacun à la ronde,
Je crus, rempli de mon sujet,
Que ma muse serait féconde.
Je voulais tracer le tableau
D'une femme sensible et belle;
Mais le plus parfait, le plus beau,
Demeure au-dessous du modèle.

Dans ce monde, grands et petits,
Aucun ne résiste à ses charmes;
Les cœurs lui sont assujétis,
A tant d'attraits on rend les armes.
Loin de nous en montrer jaloux,
Prosternons-nous aux pieds des belles;
Tous nos défauts sont nés en nous,
Mais nos vertus nous viennent d'elles.

Parfois un moment de dépit
Nous irrite contre la femme,

4

La rancune est dans notre esprit,
Leur éloge au fond de notre ame.
Toujours on l'aime, on la chérit,
Quoique la femme nous chagrine :
Telle la rose nous séduit,
Bien que la rose ait une épine.

Si par quelques défauts, hélas!
Elle nous fait tourner la tête,
Trop ingrats, ne nous plaignons pas,
De trouver la femme imparfaite;
Lorsque Dieu nous la dispensa,
Il prévoyait cet avantage;
Pour notre bonheur il laissa
Quelques défauts à son ouvrage.

Sexe charmant, d'un faible auteur
Daigne recevoir cet hommage;
Par toi j'ai connu le bonheur,
Vers toi je chéris l'esclavage.
En vain Juvénal et Boileau,
Ont-ils lancé force épigrammes,
Elles ont trouvé leur tombeau
Auprès du *Mérite des Femmes.*

A. FOURNIER.

LA FÊTE DU VILLAGE.

Air de la contredanse de la Rosière,

Ou de Paris à cinq heures du matin.

LES travaux finissent,
Les airs retentissent,
Les échos remplissent
Le vallon voisin :
Ce joyeux tapage
Est l'heureux présage
Que c'est du village
La fête demain.

Vieillards et drilles,
Mamans et filles,
Dans les familles.
Nourrissent l'espoir ;
Fête riante
Sera brillante :
Dans cette attente,
On se dit bonsoir.

La nuit s'évapore,
La naissante aurore
De son reflet dore
Le coteau banal ;
Et dans sa cabane
Se réveille Jeanne,
Au perçant organe
Du coq matinal.

Mainte fillette
Fait en cachette
Simple toilette
Qu'inspire l'amour ;
Plus d'une grâce
Que rien n'efface
Trouvera place
Dans un si beau jour.

Mais on carillonne,
La cloche bourdonne :
Vite à la patrone
Faire une oraison !
Papa qui roupille,
Vieille qui babille,
Enfant qui sautille,
Gardent la maison.

Fendant la presse,
Quelle alégresse
Montrent sans cesse
Bedeau, sacristain!
Chantre s'escrime,
Curé s'anime,
Bénit pour frime
Un morceau de pain.

Sortir de l'église
Est chose permise,
Quand la nappe mise
Offre plus d'appas;
Pendant la bagarre,
Avec un soin rare,
Madelon prépare
L'instant du repas.

Mais il s'annonce,
Nul n'y renonce,
L'odeur dénonce
Le gigot rôti;
Autour l'on range
Mets de rechange,
Et chacun mange
D'égal appétit.

On coupe, on découpe,
L'intéressant groupe
Admire la croupe
Du canard qu'on sert :
O fortune heureuse !
La troupe joyeuse,
Et peu paresseuse,
Arrive au dessert.

Point de murmure :
Ici, j'en jure,
Amitié pure
Fera tous les frais ;
Là, point de phrase,
Tous en extase,
On rit, on jase,
On chante, on boit frais.

Le jus de la tonne,
Qui toujours foisonne,
A grands flots sillonne :
Adieu la raison !
En bonne personne,
Et quoiqu'il grisonne,
Le grand père entonne
L'antique chanson.

Tandis qu'il chante,
Lise, agaçante,
Pince, tourmente
Son jeune cousin;
Amour tracasse
Fille avec grâce,
Qui soudain passe
Baiser au voisin.

La modeste aisance
Reçoit en silence
L'honnête indigence,
Et passe à loisir
Un jour d'abondance,
Où la bienfaisance,
Pendant la bombance,
Se mêle au plaisir.

Quittant la table
Si délectable,
Convive aimable,
Par le vin poussé,
Loin de la foule,
Perdant la boule,
Grégoire roule
Dans un grand fossé!

Le plaisir invite,
On court au plus vite,
Car déjà s'agite
Le bruyant archet :
Grimpé sur sa planche,
En culotte blanche,
Jacquot se démanche
Sous un frais bosquet.

Charmant bocage,
Dont le feuillage
Prête un ombrage
Aux amans chéris!
Cette journée,
Si fortunée,
Est couronnée
Sur tes verts tapis.

Déjà Marguerite,
Colette, Brigite,
Marthon la petite,
La fraîche Margot;
Colin et Guillaume,
Bastien et Jérôme,
Lubin et Pacôme,
Entourent Jacquot.

D'autres bergères,
Prestes, légères,
Sur les fougères
Animent doux jeux;
Bergers s'empressent,
Et les caressent,
Et puis les pressent
D'apaiser leurs feux.

Vive bachelette,
Qu'ici l'Amour guette,
Vient sous la coudrette
S'amuser un brin;
La douce musette,
Toute guillerette,
Mêle l'ariette
Au gai tambourin.

Amans s'assemblent,
Tous se ressemblent,
Les mamans tremblent
Pour plus d'un faux-pas,
Quand Madeleine,
Sous un gros chêne,
Calme la peine
Du beau Nicolas.

Trompeuse assurance !
Là-bas l'imprudence
Conduit l'innocence
Dans un bois profond :
L'amant se retire,
La belle soupire,
Et va le maudire
Neuf mois environ.

L'heure s'avance
Avec la danse ;
Si tout commence,
Las ! tout doit finir.
Et cette fête,
Aussi complète,
Ne laisse en tête
Que le souvenir.

La troupe se quitte,
Et rentre au plus vite ;
La nuit sur leur gîte
Répand ses bienfaits ;
Pour finir la scène
Dont leur âme est pleine,
Sans chagrin ni peine
Ils dorment en paix.

J.-F.-E. PONSSOT.

L'ESPÉRANCE.

AIR : A l'âge heureux de quatorze ans.

SALUT, aimable déité !
Salut, Espérance adorable !
Rayon de la prospérité,
Dernier soutien du misérable !
Salut, habitante des cieux !
Toujours soumis à ta puissance,
Si je compte des jours heureux,
C'est par toi, riante Espérance.

De noirs chagrins, d'affreux soucis,
Suivent le char de l'opulence :
Près du riche, j'y vois assis
Le besoin et l'insuffisance ;
Content, et plus heureux que lui,
Sous le chaume de l'indigence,
Je vis sans trouble et sans ennui,
Bercé par la douce Espérance.

Qu'un autre, inquiet nuit et jour,
Auprès d'une amante inflexible,

Se livre à cent tourmens d'amour,
Pour émouvoir une insensible;
Moi, sans jamais verser de pleurs,
Calme, je vois son inconstance,
Et pour supporter ses rigueurs,
Je me confie à l'Espérance.

Contemple un guerrier valeureux,
Proscrit sur un lointain rivage,
Trente ans un destin rigoureux,
Trahit sa gloire et son courage.
Malgré trente ans d'affreux oubli,
Et malgré trente ans de souffrance,
Ne le voit-on pas aujourd'hui
Sourire encore à l'Espérance.

Sur les flots de la vie errans,
Race misérable et souffrante,
Nous voguons jouets des autans,
Mais moi je brave la tourmente :
Sûr qu'après l'orage, toujours,
Vers le port, avec assurance,
Ma barque peut suivre son cours,
Je ne perds jamais l'Espérance.

CHRÉTIEN.

MA PHILOSOPHIE.

Air de la treille de sincérité.

ENVOYONS les soucis
Au diable,
Chantons, rions, joyeux amis,
A table
Tout nous est permis.

Que la gaîté, que la folie
Nous inspirent dans ce beau jour;
Que faut-il pour charmer la vie?
Un peu de vin, un peu d'amour.
Quand Momus, à l'humeur bouffonne,
Donne le trait à ma chanson,
Qu'importe qu'il pleuve ou qu'il tonne!
Pour moi brille un bel horizon.
Envoyons, etc.

Pour nous luit encor le bel âge,
Joyeux buveurs, heureux amans;
Avant que l'hymen nous engage,
Sachons profiter des instans.

5

En suivant cet aimable adage,
Nous préviendrons bien des regrets :
Rions avant le mariage....
On ne rit pas toujours après.
　　Envoyons, etc.

Ne chérir, n'aimer qu'une belle,
Ce n'est plus la mode chez nous ;
Sexe aimable, sois infidèle,
Pour te conformer à nos goûts.
Et nous, quand maligne grisette
Cède à nos vœux en minaudant,
Rions, pensant que la coquette
Ne peut nous tromper qu'un instant.
　　Envoyons, etc.

Des créanciers, une maîtresse,
Ainsi que nous l'a dit Rousseau,
Assiégent l'aveugle jeunesse :
Faut-il s'en frapper le cerveau ?
De nos créanciers, camarades,
Ne soyons jamais effrayés,
Mais avec eux buvons rasades ;
Quand j'ai bu, je les crois payés.
　　Envoyons, etc.

Alix, la femme de Grégoire,
Est un vrai diable, un vrai démon;
Elle veut l'empêcher de boire :
« Grégoire en perdrait la raison!... »
Hier, dans un nouveau délire,
Ce brave homme accourt m'embrasser ;
Mon cher, je puis chanter et rire :
Ma femme vient de trépasser !

Envoyons les soucis
Au diable,
Chantons, rions, joyeux amis,
A table
Tout nous est permis.

ALEX. PASTELOT.

———

A M. MARCEL,
Sur sa traduction des *malheureuses* SOIRÉES.

Distillateur en narcotique
De l'entrepôt d'Abd-Errahman,
Qui put mouvoir ta plume étique
A nous offrir un tel roman?
A sa valeur on l'apprécie,
Et l'on prévoit son double sort :
Vers Charenton il prend l'essor,
Et ruine la pharmacie.

J.-F.-E. PONSSOT.

LE BANDEAU.

(MOT DONNÉ.)

Air du vaudeville final de l'Anonyme,

Ou d'Aristippe.

PLEIN d'un beau feu, l'autre jour, pour Hortense
Je commençais des couplets langoureux,
Quand frissonnant au seul mot de ROMANCE,
Je regrettais déjà d'être amoureux.
La muse alors qu'à mon secours j'appelle,
Rit des projets de mon faible cerveau;
Et, pour punir ma plume qui chancelle,
Vient m'ordonner de chanter le BANDEAU.

Flambeau sacré de la philosophie,
Guide nos pas sous un ciel radieux;
Qu'un sot crédule à l'erreur sacrifie!
Le jour va luire et dessiller ses yeux :
Nous avons vu, raisonnable déisme,
Tes défenseurs, et Voltaire et Rousseau,
Mettre au grand jour les traits du Fanatisme,
Et sans pitié déchirer son BANDEAU.

Sous les lambris, où s'endort la puissance,
Croyant encor faire entendre sa voix,
La Vérité, perdant son éloquence,
Vient expirer à la porte des rois ;
Et si le peuple accablé de misère,
N'ose rêver un avenir plus beau,
C'est qu'avec art l'indigne ministère
Aux yeux du prince attache le BANDEAU.

L'affreux Gessler promet au fier Guillaume
Sa liberté, mais, grands dieux ! à quel prix !
Un fer aigu doit enlever la pomme
Qu'on va placer sur le front de son fils ! !...
L'arc est tendu.... l'on craint et l'on espère ;
Mais le trait part : il sauve Antonio !
Quel doux moment pour le cœur de sa mère,
Lorsqu'elle vient détacher le BANDEAU !

Quand le Destin, de son bras redoutable,
Semblait frapper nos bataillons trahis,
Luce tendit une main charitable
Au vieux soldat blessé pour son pays.
On vit alors, touchante hospitalière,
Ton dévoûment l'arracher au tombeau,
Et, par tes soins, un baume salutaire
De sa blessure imprégna le BANDEAU.

5.

Dans les bosquets de Paphos et de Gnide,
Où des Plaisirs brille un folâtre essaim,
Si la Vertu prend Cupidon pour guide,
Du dieu trompeur le triomphe est certain :
Les Voluptés enivrant la Tendresse,
Ornent l'autel pour un trépas nouveau;
L'Amour sourit, et Vénus le caresse,
Quand l'Innocence a perdu son BANDEAU.

Mais la gaîté chez Momus nous rassemble;
Quels nœuds charmans enchaînent ses élus!
Bacchus, Amour, par un heureux ensemble,
Offrent leur charme à nos sens éperdus....
Ah! c'est alors que le malheur s'oublie,
Que des chagrins s'enfuit le noir troupeau :
Bacchus versant à grands flots l'ambroisie,
Entre eux et nous met un double BANDEAU.

De nos plaisirs le tableau se déroule :
Profitons-en jusqu'à nos derniers jours;
Le doux nectar qui du pampre découle,
Arrosera la coupe des Amours.
De tes enfans protégeant l'existence,
Toi qui souris auprès de leur berceau,
Tu descendras, consolante Espérance,
Ceindre nos fronts de ton divin BANDEAU.

J.-F.-E. PONSSOT.

VOUS EN AURIEZ FAIT AUTANT.

AIR : Eh ! ma mère, est-c' que j'sais ça ?

PUISQU'ICI la chansonnette
Vous plaît, vous amuse tant,
Voici celle que j'ai faite
Pour vous distraire un instant;
C'est le fruit d'une semaine,
Et j'avoue en ce moment,
Qu'avec un peu moins de peine
Vous en auriez fait autant.

Un soir le voisin Gros-Pierre,
Aigri contre sa moitié,
N'écoutant que sa colère,
La met dehors sans pitié!
Si touchante est la pauvrette,
Qu'avec elle, galamment,
Je partage ma couchette :
Vous en auriez fait autant.

Je ne suis point un *gavache*,
Qui, décrivant un combat,

Dit en troussant sa moustache :
« J'ai fait ce jour tel éclat... »
Moi j'ai suivi la bannière
D'un trop fameux conquérant;
J'ai fait ce que j'ai dû faire :
Vous en auriez fait autant.

Mes amis, point d'humeur noire,
Egayons nos courts instans;
Sachons aimer, sachons boire,
Même sous des cheveux blancs.
Bravant un censeur morose,
Epicure, en bon vivant,
Féta la grappe et la rose:
Que n'en faisons-nous autant?

A. FOURNIER.

DÉLIRE BACHIQUE.

AIR : Quand on est mort, c'est pour long-temps.

AMIS, ne nous contraignons plus,
Quand ici l'ivresse
Nous presse!
Au sein de ses joyeux élus,
Que Momus
Soit fêté par Bacchus!

Donnez-nous trève,
Soins d'ici-bas;
Que nos débats
S'éclipsent comme un rêve!
Momus achève
Notre destin,
Et je ne rêve
Que plaisir et festin!
Par les bons mots
Dits à propos,
Au bruit des pots,
Je veux, riant sans cesse,

Ivre et joufflu,
Quand j'aurai bu,
Dans mon ivresse,
Narguer le dieu barbu !
Amis, etc.

Trente maîtresses
Aux yeux vainqueurs,
Ont de leurs pleurs
Acheté mes caresses ;
Mais les traîtresses
M'ont planté là :
De leurs rudesses
Bacchus me consola.
Bouteille en main,
Le lendemain,
Je fus soudain
Vengé des infidèles ;
La volupté
Que je goûtai
Me fit loin d'elles
Oublier leur fierté !
Amis, etc.

Foin de la gloire
De ces héros

Dont les lambeaux
Ont grossi l'onde noire !
Fi du grimoire
De ce Crésus
Qui peut sans boire
Entasser des écus !
Homme à procès,
Pour un succès,
Fouille à grands frais
L'immense répertoire
Sous l'étendard
Du vieux Panard,
On savait boire,
Et discuter à part !
Amis, etc.

Vives Bacchantes,
Approchez-vous !
Embrasez-nous
De vos flammes brûlantes !...
Mais quoi ! trop lentes
A me verser,
Vos mains tremblantes
Oseraient balancer !
Versez cent fois,

Et qu'à ma voix,
Même les rois
Jalousent mon ivresse !...
Mais qu'attend-on ?
Quoi ! sans raison
La gaité cesse !
Elle est dans ce flacon !
Amis, etc.

Le front sévère,
Vois de quel ton
Le dieu bouffon
A regardé mon verre !
Fier de lui plaire,
Apporte encor
Volnay, Madère,
Champagne et Côte-d'Or !
Ote, garçon,
Le capuchon
De ce flacon
Vieilli sous la poussière !...
Le bouchon part !
J'en veux ma part :
Fût-ce Tonnerre,
Ou Chablis, ou Pomart !
Amis, etc.

Bacchus me verse
Avec orgueil :
Voyez cet œil
Où la volupté perce !
Je fais commerce
Avec les Dieux ;
Ma main s'exerce
A trinquer avec eux !....
Nectar divin,
Dans ce festin,
Cédant enfin
Au charme qui me berce,
Ivre et content,
Fais qu'en tombant
A la renverse,
Je répète en roulant :

Amis, ne nous contraignons plus,
Quand ici l'ivresse
Nous presse !
Au sein de ses joyeux élus,
Que Mômus
Soit fêté par Bacchus !

J.-F.-E. PONSSOT.

❊❖❊

LE SANS-SOUCI.

AIR : Heureux habitans des beaux vallons de l'Helvétic.

NARGUANT les autans,
La faux du temps,
Chantant sans cesse,
Franc et bien portant,
Ma foi, je suis toujours content;
D'être sans argent,
Je ris souvent,
Car la richesse,
Par ses embarras,
Ici bas
Cause du tracas.

Du sort inconstant,
Fou qui, vraiment,
A la faiblesse,
De s'appitoyer,
De se pendre ou de se noyer;
Enfant du plaisir,
J'ai le loisir,
Dans ma détresse,

De pouvoir toujours,
Fêter Bacchus et les Amours.

Narguant, etc.

Sans trop tracasser,
Sans abuser
De ma cervelle,
Pour faire un couplet,
Vite je cours au cabaret ;
Le vin sans efforts,
M'inspire alors
Chanson nouvelle ;
Je drape les grands,
Lés hypocrites, les pédans.

Narguant, etc.

Décisif, actif,
Expéditif,
Lorsque m'appéllent
Naïves beautés ;
Bon vin ou bien mets apprêtés,
Combien mes transports,
Dans les trésors
Qui s'y recèlent,

Goûtent à longs traits,
De la nature les bienfaits !

    Narguant, etc.

En épicurien,
En vrai vaurien,
J'ai pour devise :
Ne jamais flatter,
Plier, ramper, solliciter ;
Partout, sans rougir,
Parler, agir
Avec franchise,
N'aimer qu'un seul Dieu,
Le vin, les femmes et le jeu.

    Narguant, etc.

Quand mon tour viendra,
Et qu'il faudra,
Joindre ma tombe,
Remplis de ce jus,
Calmez tous regrets superflus ;
Prodiguez des fleurs,
Et non des pleurs,
Pour hécatombe,

Puis gravez, amis,
Sur le gîte ou l'on m'aura mis :

Narguant les autans,
  La faux du tems,
    Chantant sans cesse,
  Franc et bien portant,
Il fut toujours un bon vivant ;
  D'être sans argent,
  Il rit souvent,
  Car la richesse,
  Par ses embarras,
    Ici bas
  Cause du tracas.

A. FOURNIER.

LE BOUTE-EN-TRAIN.

AIR : Au galop, vite et tôt,

VERRE en main,
Toujours plein,
Francs lurons,
Savourons
Jusqu'à la lie
L'ambroisie;
Pour saisir
Le plaisir,
Qu'un refrain,
Gai, malin,
Éloigne de nous le chagrin!

Disciples de Bacchus,
D'Épicure et Momus,
Chantons tous en chorus,
Ce nouvel orémus :
    Verre, etc.

L'amour a ses désirs,
La table ses plaisirs;

Amis, pour en jouir,
Sachons les réunir.

    Verre, etc.

Toi qui, près d'un tendron,
Roucoule en Céladon,
Crois moi, quitte ce ton:
Imite Anacréon.

    Verre, etc.

Entasse, vil Crésus,
Des trésors superflus....
L'incarnat de ce jus
Fait pâlir tes écus.

    Verre, etc.

Faut-il, pour un échec,
Ronger notre pain sec,
D'un vieux Madère-Sec,
Arrosons-nous le bec.

    Verre, etc.

Puisqu'on dit que les Dieux,
Buvaient à qui mieux mieux,

Morbleu! pour être heureux,
Amis, buvons comme eux.

Verre en main,
Toujours plein,
Francs lurons,
Savourons,
Jusqu'à la lie
L'ambroisie,
Pour saisir,
Le plaisir,
Qu'un refrain,
Gai, malin,
Eloigne de nous le chagrin!

A. FOURNIER.

DU SILENCE !

AIR : Moi, je fronde.

Du silence! du silence!
C'est ma loi par excellence;
Du silence,
Puisqu'en France,
Parler nuit,
Trop gratter cuit.

Bien mieux que certain auteur
Qui prescrivait la *prudence*,
Je soutiens que le silence,
En tout temps est le meilleur;
Et même un malin caustique,
Plaidant le faux pour le vrai,
Emploîrait preuve ou logique,
Que toujours je répondrai :
Du silence, etc.

Bien en vain chercherait-on
A savoir ce que je pense;
Moi je garde le silence,

Lorsqu'on parle opinion.
S'il arrive qu'on s'emporte
Sur l'abus des potentats;
Je dis, en fermant la porte :
Chut! faisons la guerre aux plats.
       Du silence, etc.

Loin d'imiter cet époux,
   Qui jure, gronde et tempête,
   De ce qu'on orne sa tête,
   Du panache des jaloux,
   Si c'est dans ma destinée,
   Je veux, pliant sous mon lot,
   Dire à ma femme étonnée,
   Que la plainte est pour le sot.
       Le silence, etc.

Pour rien, je fus condamné
Un jour en simple police,
Un autre, à cette injustice,
De bon cœur se fut damné.
Quoi qu'on dise et quoi qu'on fasse,
C'est la règle maintenant,
A tous gueux est la besace,
Mes amis, le plus prudent :
       Du silence, etc.

Blame-t-on avec raison
Nos doctes missionnaires,
Et même nos séminaires?
Je dirai cent fois que non.
C'est bien en vain qu'on rognone,
Ils n'en vont pas moins leur train;
Puisqu'il faut qu'on nous sermone,
Ecoutons, pour notre bien.

  Du silence, etc.

Mes amis, ne croyez pas
Qu'il soit dans mon caractère
De souffrir et de me taire
Sur les tracas d'ici bas;
Non! mais je me dis sans cesse,
Que le faible à toujours tort;
Qu'il vaut mieux que l'on s'abaisse,
Qu'éveiller le chat qui dort.

  Du silence! du silence!
  C'est ma loi par excellence;
   Du silence,
   Puisqu'en France,
    Parler nuit,
   Trop gratter cuit.

      A. FOURNIER.

LES VOEUX INEXAUCÉS.

(ALLÉGORIE.)

On dit que le dieu du jour,
Du ciel jadis irritant la colère,
Fut, par le maître du tonnerre,
Précipité du céleste séjour ;
Et qu'aux beaux champs de Thessalie,
Des mortels partageant les travaux,
Le dieu berger passait sa vie
Au milieu de nombreux troupeaux....
MERCURE aussi, dans un coin de la France,
Dans la Bourgogne, est exilé.
Le pauvre dieu de l'éloquence,
De sa gloire, hélas ! dépouillé,
Par trois docteurs, grands vendeurs de science,
Depuis trois mois de message est chargé.
Déjà le public affligé,
Que si long-temps, loin de sa sphère,
Un immortel soit esclave ici-bas,
« *Dans nos temples sacrés, fatigués par nos pas,* »
Vient adresser mainte prière,
Pour tâcher d'apaiser le céleste courroux.
Pour le rappel du dieu, je crois qu'on a beau faire :
Jupin de son bonheur n'est point encor jaloux.

CHRÉTIEN.